내 사랑엔 이유가 없다

시아현대시인선 **009**

내 사랑엔 이유가 없다

최정순 시집

인쇄일 | 2024년 05월 01일
발행일 | 2024년 05월 07일

지은이 | 최정순
펴낸이 | 김영빈
펴낸곳 | 도서출판 시아북(詩芽Book)

출판등록 | 2018년 3월 30일
주소 | 대전광역시 동구 선화로214번길 21(3F)
전화 | (042) 254-9966, 226-9966
팩스 | (042) 367-2915
E-mail | siabook@daum.net

값 12,000원

ISBN 979-11-91108-94-1(03810)

내 사랑엔 이유가 없다

최정순 시집

시아북

시인의 말

첫 번째 시집을 엮는다. 두려움과 설렘이 반반이다.

습작처럼, 일기처럼 묻어두었던 것들을, 가슴에 담아두었던 것들을 꺼내보니 일흔세 편이다.

혼자 부르는 노래였고, 내 잠 속의 많은 것들이다. 사는 법을 터득하며 생각한 것들이다. 늘 나는 그렇게 살아왔다. 그래서 살면서 보이기 시작한 것들에 관한 나의 추적이다.

지금껏 계속되고 있는, 멀리 떨어져서 몰래 부르고 싶었던 노래의 일단이었기 때문에 이 시집이 생겨나는 가 싶다.

이왕이면 새로운 길을 밟고 많은 사람을 보았으면 하는 나의 단순과 어리석음에 다름 아닐 터이다. 나머지의 시들은 단상에 지나지 않는다.

단 한 사람을 위해서도 나는 혼자 부르는 노래를 계속할 작정이다.

2024년 봄

최정순

01
혼자 부르는 노래

02
마음 밭 일구며

03
요 며칠의 자유로움

04

늘 나는

01

혼자 부르는 노래

구절초 마을

정읍 산내면 청정로 옥정호에 발을 내리고
어느 해 가을 그렇게 우연히 만났다
지천으로 핀 구절초에 홀딱 반해버린 채

처음엔 표시도 없는 들 산이었다
한 해가 지날 때마다 모습을 달리하더니
어느새 뭇사람의 발길이 몰려들고

소나무 아래 즐비한 구절초는
옥정호가 낳은 보물이어라
걷고 또 걷다 보면 산야에 바람 타고
흔들리는 들꽃의 춤사위가 멋스럽다

솔숲과 어우러진 구절초 꽃밭
손꼽으니 열댓 번은 찾아갔나보다
그곳까지 몇 시간을 달려도 좋은
내 사랑, 정읍 구절초 마을

그대 떠난 빈자리

하늘이 내게
대화하듯 반겨주는 날
떠가는 구름에 당신을 얹고
그때를 생각한다

하늘 끝자락
어딘가 숨 쉬고 있을 내 사랑은
지친 나의 어깨 뒤로 살며시 다가와
어루만져 주고 위로해주는데

오늘 그대가
자꾸만 떠오르는 건
아직도 못다한 사랑이 있는가보다

뒤돌아 회상하면서
그대 떠난 빈자리
홀로 남아
그 시절 그때
철없던 우리를 떠올려본다.

- 그대 떠나는 그 날엔 항상 비가 내렸습니다.
그것이 내 그리움의 씨앗으로 가슴에 남아있는 이유가
됩니다 -

별 같은 그리움

지난여름
내 가슴에 별 하나 박히고
그날
내 마음속으로 모진 그리움 하나
장승이 되었다

날마다 눈 부릅뜨고 기다려도
오지 않는 사람
내 심사 몰라주는 야속함에
도무지 눈 감을 수 없는 기다림

석양이 그리움의 빛으로 물드는 날
들풀이 바람을 안아주고
바람이 들풀을 안아주는
그들 한 몸이 되는 그 길로
들꽃 향기처럼 오는 그리움이여

나 당신을 맞으며
장승 되어 마냥 기다리던
내 가슴에 박힌 별처럼

당신 가슴에
오래도록 남고 싶다.

그리움의 강

늘 마음으로 바라보는 당신
비가 내리거나 흐려진 하늘을 마주할 때면
보고 싶어도 볼 수 없는 사랑 때문에
마음은 어느새 밀물이 되고 썰물이 됩니다

언제쯤이면 이 그리움의 강을 건널 수 있을까요

그 알량한 자존심에 나를 내려놓지 못하고
삶에 사로잡혀
상처가 되고 병이 되고
성한 곳 없이 갈기갈기 찢기어만 갑니다

발길이 머무는 곳에
그리움이 숨 쉬는 곳에
세월과 동무하며 당신과 함께하고 싶은데
그 어느 곳에도 당신은 없습니다

이 그리움의 강을 언제쯤이면 건널 수 있을까요

먼 타향 길에 홀로 선 작은 새
모든 걸 잊고
까만 가슴속 사연일랑 먼지처럼 날려 보내고
처음처럼 그렇게 살고 싶습니다

지울 수도 없고 잊을 수도 없는 당신
얼마만큼 더 아파하고 괴로워해야
당신을 이해할 수 있을까요
언제쯤이면 이 그리움의 강을 건널 수 있을까요.

겨울 바다에서

멀리 당신의 얼굴이 애잔하다
고향 땅 임의 손때 묻은
사랑의 굴레 속에서
타향살이 어언 이십 년

아스라이 높이 가로놓인 성벽
당신의 모습은
수평선에 머무를 뿐
내게로 더 가까이 다가올 수 없다

밀려드는 파조음에 이는 한파
머리칼 휘날리는
당신의 슬픔 어린 형상과
유리알 같은 백사장 위에 도장을 찍어본다

진주 빛 선물하나 보듬지 못해
바위에 부서지는 파도처럼 흘려보내고
가슴속 피멍은 헛구역질하듯
노래하는 시인되어 거품을 토해낸다

바다를 마주하고 돌아오는 길
다 주지 못한 마음은 병이 되어
오늘도 난
당신 향한 그리움에
새가 되어 난다.

낙엽의 흔적

길모퉁이 작은 찻집
그 앞 마주보는 떡갈나무
가느다란 바람에 언제 떨어질지 모르는
불안한 삶이건만

떨어져 뒹굴고
오가는 사람들에게 밟혀
형체도 없는 가루가 된다 해도
나 슬퍼하지 않을
겨울바람이고 싶다

흙이 되고 바람에 날려가도
당신이 나로 인해 살아 있음을 느낄 수 있다면
난 잃어버린 가을의 뒷모습이어도 좋고
추운 겨울날의 움츠린 추억이어도 좋겠다

우리가 나눈 많은 이야기
당신 가슴속에 뿌리내리지 못했어도
오랫동안 지워지지 않는
책갈피 속 고운 추억으로 간직되고 싶다

미안하다
더 아름다운 흔적으로 남지 못해
오랫동안 잊지 못할
당신의 흔적

그리운 어머니

고사리 같은 손 홀로 남겨두고
노란 스웨터에 빨간 꽃무늬 바지
덩그마니 남겨졌어요
당신의 사랑은 거기까지였어요

남겨진 인생길
고달픈 삶의 무게가 흔들리던 때
도랑 가 한켠 빨래 더미를 끌어안고
왼 종일 목 놓아 울었어요

이렇게 시린 날이면
당신 없는 하늘 아래 그리움이
마음의 병으로 다가와
자꾸만 자꾸만 짙어만 가요

당신이 내 곁을 떠나던 날
그날도 비가 내렸구요
지금 당신을 그리는 마음에도
여전히 비가 내리네요

꼭 한 번만이라도
당신을 다시 만날 수만 있다면
가슴 속 얼룩진 억겁億劫의 세월을
당신 앞에 고스란히 말할 수 있을텐데

말로 다 전할 수 없는 그리움
못다 한 사랑의 노래는 여울진 가슴속에
고향집 뜰팡 앞 못다 피운 꽃으로
오래도록 남아있다고 말이지요.

그곳 내 고향

시골의 밤은 늘 어둠이 짙게 깔리고
하늘은 초롱하게 빛나는 별들과 마주하는데
가슴은 일렁이는 바다가 되어
세월 속에 흐르는 몇 겹의 진한 추억을 들춰내
논두렁 밭두렁 도랑가를 뛰어다녔어

초등학교 앞 개울가에서 물장구치고
바위틈 돌멩이 죄다 들춰가며 가재 잡고
가시내 머스마들 이리저리 뛰놀던 날들
가끔은 날다람쥐가 되어 사과랑 복숭아 따다
쐐기한테 한 방 먹기도 했지

그곳 내 고향에서는
늘상 정겨움이 넘쳐흐르고
넉넉한 마음들 덕분에
마음 따뜻한 날들이 참 많았지

그 시절 함께했던 친구들
지금 어디서 살고 있을까
내 고향 강원도 동해시를 그리며

넋두리와 동심의 나래짓하는
왼종일 오늘이 정겹다.

달빛 창가에서

저녁이면 어김없이 찾아와
창문 틈에 낀 석양과 함께
서둘러 지나가는데
고독한 사람처럼 어둠 속으로 사라져가는 너는
모닥불처럼 활활 타오르는 그리움

달빛 창가에 기댄 나무처럼
애타게 불러도 볼 수 없는데
밤하늘을 벗 삼은 홀로 인생은
그대의 음성을 들을 수 없고
싸늘히 식어가는 찻잔만 바라본다

음악이 흐르는 작은 찻집
몹쓸 놈의 추억을 대신 울어주려나
회색빛 가로등 밑 풀벌레 소리
지금 당신이 달려와 주지 않으면
금세 숨이 멎을 것만 같아
고독한 당신의 이름을 불러본다

한여름 밤 창가에 기댄 그리움
그 강이 너무 커
고독한 늪에서 헤어나지 못하는데
외로움과 슬픔은 달빛 속에
나를 데려다 놓았는데

나 어쩌란 말인가

어둠이 내리는 길목에서

아침이면 햇살을 등에 지고 달려볼까
시계추와 나란히 손잡고
세월이 빠르다고 야속타 말고
마음의 움직임대로 뛰어볼까

또 하나 그리움을 포개놓고도
하냥 잊어야 할 사람인지
그리움에 불러보는
호롱불 같은 사랑

아직 밤이 멀었는데
회색빛 자욱한 내 상념의 길목은
강물처럼 흘러 흘러
깊은 바다로 아득히 멀어져 가고

내 마음은 아직도
사랑 그대로의 사랑으로 그려지고 싶은지
어둠이 내리는 길목에서
소리 없이 내려서는 밤하늘에
긴 편지를 쓴다.

아름다운 세상

세상 사람들은 모른다
운동선수도 아닌 그녀가
왜 저리 뛰어다니는지
낭만 고양이처럼 날쌘 몸짓으로
온통 세상을 휘저으며 살아가는지

세상 사람들은 모른다
그녀에게 또 다른 소망이 있다는 걸
부족한 사랑으로 아름다운 행복 더하기임을
하늘빛 맑은 꿈이 있다는 걸
백만 불짜리 미소와 함께
세상을 향해 날마다 일어선다는 걸

세상 사람들은 안다
세찬 풍파에도 거친 세월에도
그가 쓰러지거나 울지 않고 맞서 이겨낸다는 걸
그래서 그가 사는 이 세상이
더 아름다울 수 있다는 걸

낮달*

보일 듯 보이지 않는
당신의 얄궂은 모습
새해 첫날 당신과의 만남에
가던 걸음 멈추고 함께했었지

어느 해 가을
우리의 인연은 짧았지만
넌 내 발길을 놓지 않았어
내가 멈추면 너도 멈추고
내가 달리면 너도 따라 달려왔던 거야

가슴속 그리움을 반추하며
아무도 모르게
그렇게 난
널 사랑했던 거야

저 하늘가
바위틈에 걸터앉아 노래하는
예쁜 너의 모습 닮아
파랑새에 따스한 사연 담아 전하고 싶다

오가는 사람들 속에
잔잔한 미소로
작은 사랑의 이름으로
고운 인연이었으면 좋겠어

* 낮달 : 천안 쌍용동 월봉산 아래 작은 카페

어머니

삶의 길목에서
어렵고 힘겨울 때마다
당신은 버텨내실 거라고
당신만큼은 그 어느 누구보다 강한 분이라고
믿었습니다

고난의 세월 속에서
스러지는 많은 일들에 가슴이 무너져 내리고
가슴 시리도록 아픈 고통 속에서도
당신만은 이겨내실 거라고
당신만큼은 그 어떤 시련도 견뎌내시리라
믿었습니다

한때, 당신을 미워했었어요
당신의 고단한 세월 속에
숙명과 같은 인연의 끈이었기에
그만큼 더 미워했었나 봅니다
하지만 不在속으로 떠나고 없는 지금
당신을 많이 사랑했음을 고백합니다

생과 사의 갈림길에서
경계를 넘나드는 순간들에서
미워했던 지난 시간을 후회했어요
이제는 아직도 내 안에 당신이 숨 쉬는 양
당신과 못다 한 사랑의 꿈을 꾸고 있어요

지금 내 곁에 없지만
하늘빛 고운 당신을 사랑합니다.

희망 사항

나 늙으면
통나무로 만든 이층집
당신 안의 그 숨결 속에
내 안의 모든 생각을 잠재우고
당신과 함께 숨 쉬며 살아가고 싶다

앞마당엔 잔디를 깔고
한가운데 물고기 떼 노니는 작은 정원을 만들어
장미꽃 사철나무를 심어놓고
언제나 푸르름을 함께하고 싶다

뒷마당엔 텃밭 하나 일구어
고랑마다 배추랑 상추랑 고추랑 심어놓고
정성으로 가꾸는 함께하는 기쁨
당신과 나누고 싶다

비 내리는 날
풀잎에 맺혀 떨어지는
이슬방울의 낙하에도 슬퍼할 줄 아는

산 속 아름다운 찻집의 주인장이
바로 나였으면 좋겠다.

내 사랑엔 이유가 없다

당신은 언제든 넓은 가슴으로 나를 안아주고
힘겨운 내 삶의 고백도 들어주고
무거운 사연을 안고 찾아가도
말없이 감싸주고 위로해 준다

당신은 언제나 그대로의 모습
거센 비바람 불어대도 굽히지 않고
성난 파도가 몰아쳐도 굴하지 않고
묵묵히 늘 그 자리에 있다

세상에 널린 숱한 편견과 오해와
온갖 술수 속에서도 당신은
누구의 편이 아니라
모두의 편이 되어
넉넉함으로 자리하고 있다

사랑을 베푸는 자 사랑을 받을 자격이 있다고 했던가
그래, 온 정성을 다해 나무를 심자
마당 한 가운데 마음 한복판에
내 작은 가슴에 사랑의 씨앗을 뿌리듯

온 정성을 다해 나무를 키우자
사랑의 결실을 맺어 열매가 탐스럽게 익어가도록
그렇게 사랑도 커 갈 것이다

당신만 보면 용기가 난다
마음 밭에 무슨 작용이라도 하나보다
바다, 내 사랑하는 바다
내가 당신을 사랑하는 것에는 이유가 없다.

어느 소녀의 겨울나기

산골짝 아래 외딴 기와집
한 길 눈이 쌓인 길을 걸으면
신발 속 양말도 추적추적
언 손 녹이려 뒤뜰 장작에 불을 지피면
매운 회색빛 구름은 눈물이 되어 뚝뚝

장작불 사이로 하얀 밀가루떡을 던지면
금세 부풀어진 풍선 과자 맛도
시린 손 녹여가며 화롯불 위에
군고구마 굽던 때도 생각나는데
웃음 뒤에 가려진 가슴속 응어리진 억장을
너희들은 몰랐을 거야

내 마음 밭을 일구던 거친 손은
찬물 마를 길 없어 피가 흘렀고
빨래다라에 방망이를 이고 걸어야 했던 새벽길
그렇게 겨울은 매서웠어
고사리 같은 여린 손길의 서러움은
고단함 삶 속에서 그만 가려졌었지

처마 끝에 까치라도 울면
누구라도 놀러오려나 하는 생각에
동구 밖 먼 쪽만 바라보고
하늘에 별이라도 보이기 시작하면
별을 보고 노래했어
엄마, 나 너무 힘들다고

고향을 등지고 가는 마음
홀로 운명의 끈을 부여잡은 채
그물 속에 갇혀가는 줄도 모르고
내 어머니와 같은 정을 키워가는 줄도 모르고
그저 떠가는 하얀 기다림 되어 살아남아야 했어

세월이 흐르고,
어느 소녀의 겨울나기는 시가 되고

하늘은 내 그리운 친구

수천 만 번을 오가던 길목
그곳에 가면
심장이 멎어버릴 것만 같다

하늘을 동경하며 거닐던
한밤의 연예가 축전으로
땅이 꺼져라 묵념으로 지새운
늦은 밤 일기장 속의 주인공

모든 것이 꿈만 같이 흘러 흘러
강물을 이루고 살아온 시간
이제는 땡볕 축전으로 돌아누운
깡마른 육신의 내 그리운 친구여

수천만 번을 오가던 길목
마흔 고개 넘어 그곳에 홀로 서서
널 향해 노래 부르며
시골길 추억의 샘물을 마신다.

내 사랑 진희

변함없는 마음으로
늘 그 자리
제 할 일 묵묵히 감당하며
어느 것에도 굴하지 않고
앞만 보고 달려가는 넌
천상 여장부

지쳐 보이는 기색 없이
늘 같은 생각
제 소신 당당히 드러내며
어느 것에도 뒤쳐지지 않고
보란 듯이 내달리는 넌
보기 드문 여걸

예전에 미처 몰랐는데
넌
내 사랑이야

02
마음 밭 일구며

사랑초

처음 우리 집 화단으로 왔을 땐
한 가닥 작은 희망이었지만
지금은 함지박 가득 행복으로 넘쳐난다

사랑의 생명이 다하도록
그리움의 끈이 깊어져
우리 사랑도 이토록 애틋할 수 있을까

보랏빛 짙게 타오르는 열정
가녀린 몸매에 잎새마다 대롱대롱
연분홍빛 고운 몸짓일랑 누굴 위한 유혹인지

사랑에 빠졌나요
하트모양 그 모습이 매일 밤
눈앞에서 아른거려요
아침에 눈을 뜨면 어느새
눈앞에 다가와 나를 보네요.

눈물 꽃

텅 빈 마음 가슴 깊은 그곳
아련하게 피어오르는
그대 향한 마음 꽃 그리고
나는

늦겨울
눈 속에 피어나는 동백꽃처럼
슬픔을 감춘 채 앞에 선
그대는

찬 서리에
얼어버린 빠알간 꽃 잎새처럼
수많은 사연들은 눈물 되어 흐르고
우리는

눈물로 피어난 꽃
슬픈 그리움을 하나둘 쏟아내고
냉정과 열정 사이를 방황하는
두 사람은

서로를 부둥켜안은 채
사랑이란 이름으로
새끼줄같이 엮어진
눈물 꽃

등나무 연가

바람은 불지 않았지만
코끝으로 전해지는
보랏빛 살가운 향기가
가던 발걸음을 붙잡는다

태초부터 사랑으로 엮어가던
사람들 쉬어가는 그늘 자리
언제나 부드러움을 보여주는 너를
천상의 연인이라 불러주고 싶다

네 몸에 달린 꽃을 말려
원앙침에 넣으면 금실이 좋아진다는데
네 몸에 붙은 잎을 삶아
온전히 그 물을 마시면
우리 애정도 다시 아물까

문득 대답이라도 하듯 바람이 분다
은은한 향기가 깊숙이 들어와
가슴에 바람이라도 들어간 양 활짝 웃으며
보랏빛 향기를 주워 담는다

네가 보여주는 사랑처럼
우리의 사랑도 영원하게 해달라고
그 꽃 잘 말려 내 님 베개 속에
고이 넣어주려마

칡 순

당신을 생각하면 바다가 떠올랐다
예전에 걸었던 밤길
잊혀지지 않는 기억들로
가슴에 일렁이는 하얀 파도

혹시 그대가
나와 같은 생각으로 우연히 만난다면
그때도 날 기억할 수 있을까

내 기억 속의 그대
15촉 백열등보다 더 희미해져 가고
가슴 밭에 머무는 칡넝쿨로 엉켜
기억 상실증에 걸린 환자처럼
텅 빈 뇌수를 이고 다니는데

어디로 흘러가는지
그 어디에도 보이지 않는 사람
혹여 스치듯 그냥 지나칠까봐
지나는 차들 번호판을 연신 기웃대고 있음을
당신은 알고 있을까

잉꼬새 빰치는 스릴 만점의 끼
통통 튀는 그 모습은 돌고래를 닮았는데
일기장 속 낙서가 된 사람
실타래처럼 꼬여도 풀어가며 살아보잖다
다시 봄이 오면 칡 순이 돋아날 테니

달콤한 인생

언젠가부터
하루에 커피를 석 잔 이상 마시는
습관이 생겼다
때론 커피 한 스푼에 프림과 설탕은 두 스푼
달콤한 사랑처럼 입안에서 녹아내리는데
우리네 삶도 그런 것 같다

때론 기분 따라
아메리칸 스타일의 블랙커피 한 잔에
괜스레 턱을 괴고 창가에 앉아
어울리지 않게 고독한 시인이 되어
창 밖 풍경에
하늘에 떠가는 구름에
그런 하루를 산다

우리는 알아야 한다
은근과 끈기를 갖고 살아야 함을
다시 일어나 뛰기를 반복하다 보면
그 어떤 일상도 무서워할 바 없음이
세상에 불가능이란 없다는 말이

커피처럼 달콤한 인생을 만들어주었으면
모든 이에게 희망의 메시지가 되었으면

까만 밤에

까만 밤
고개를 들어 올려다 본 하늘
아무도 모를 차가운 눈빛
그리고 멈춰진 자리

밤하늘을 수놓은
별과 달의 속삭임
가슴이 맑은 그땐
은하철도999 들장미소녀 캔디를
떠올렸었다

까만 밤
깊어가는 하늘가에 수많은 별들
유난히 반짝이는 별 하나
그리고 맑음을 잃어버린 나

내 마음은 실타래
멍하니 하늘만 동경하다
반짝이는 너를 품에 안고

아침 햇살 눈부심을 붙들고
눈을 뜨고 싶다.

가고 오지 않는 사람이 있다

서른이 넘은 나이에도
혼자 울고 싶은 날이 있다
그리움으로 망울진 두 눈
당신 생각하다 하늘만 바라볼 뿐
내 삶은 청춘인데
덜컹덜컹 인생열차는 왜 이리도 아픈지

나사못처럼 엇갈린 인생길
활화산처럼 타오르던 냉정과 열정
그 사이에서
당신으로 인한 그리움은 늘 그대로인 채
가고 오지 않는 한 사람으로 자리했다

이제 그만 잠잠해질 때도 됐는데
내겐 아직도
못다 한 이야기가 남아있나 보다
오십이 넘은 지금도
이렇게 가슴이 아파
울고 싶은 날이 있으니 말이다.

해질 무렵

비가 많이 내리던 날
그리움은
비에 젖어
그렇게 폐부 깊숙이 스며들었다

산길을 곡예하듯 달려가는
시린 새벽바람
먼 곳으로 그녀를 보내고 돌아오는 길
해질 무렵
갓난이를 끌어안고
울던 그 날만큼이나 애처러웠다

두타산을 바라보며 안주하던 곳
언제든 달려가고 싶은 마음 때문일까
보잘것없는 날을 뼛속 깊이 공존시켜 온
해마다 그날이면
죄인 아닌 죄인이 되어
끝없이 펼쳐진 길이라도 하냥 걷고만 싶다.

둥지를 찾아

앞산 저 너머에서
이곳 들판으로 날아든
깜찍하고 귀여운 파랑새를 보고
부지런하다고 예쁘다고들
입에 침이 마르도록 말하는데

아주 크지는 않지만 아담하고
제법 높지는 않지만 쓸모 있어 보이는
작은 둥지
힘이 들어도 쉼 없이 도전하는 그가
얼마나 바라던 일인지

한 층 한 층
그의 손과 발이 닿지 않은 곳이 없는데
귀염둥이 다롱이의 집도 아담하고
2층 계단 벽면은 또 다른 생각을 모으는 중
그렇게 둥지를 가꾸는 모습이
참 행복해 보이는데

작지만 소박한 꿈으로
한걸음 한걸음씩 걸을 때마다
벅찬 기쁨 타오르는 열정
꿈을 이루며 사는 이런 게
어쩜, 행복이 아닐까.

내 생애 가장 아름다운 선물

학창시절 펜팔로 주고받던 편지
가끔씩 세상 밖을 꿈꾸고
때때로 이승을 건너는 것도 생각하던
거칠고 불안했던 날들 속에서
당신의 마음을 읽고 씁쓸하게 웃음 짓던 나

때론 눈부시게 맑은 날
구름 한 점 없는 하늘가 해맑은 웃음도
부슬부슬 가랑비 내리던 날
차창가 흐린 창밖으로 그려지던 고운 모습도
함께했던 아련한 추억에 잠겨가던 나

당신의 편지 속에 담긴
감내할 수 없는 말들에
감정을 벗어나 마음에도 없이 이별을 고했던 나
그때의 어리석음에 후회를 하고
세월과 부딪칠 때마다 생각나는 사람

지난한 세월을 이겨내고
끈기와 용기 속에 자신을 만들어갈 수 있도록

충만한 시간으로 이끌어준 당신
맺지 못한 인연이지만 고마웠어요
그리고 미안해요

아흔여덟 번 편지의 주인인 당신
내 생애 가장 아름다운 선물이에요.

순이 생각

텅 빈
내 고향 집을 생각하노라면
어릴 적 북적거리던 명절날이 그립고
곳간에 알곡이 하나 가득 웃고 있을 때면
내 삶도
내 희망도 하나 되어
내 가슴 속 별이 된
당신을 닮아 간다.

사랑은 늘 아픔이었고

밤하늘은 별들이 사랑하고
무릇 핀 꽃들은 벌들이 사랑하고
가슴에 핀 정은 마음이 사랑해 주어야 하거늘
우리는 어디서부터 잘못된 건지
마음의 꽃잎새 눈물 꽃으로 떨어지는데

밤하늘 별보다 더 많이 사모하고
길가에 핀 꽃들처럼 예뻐했고
내 마음의 사랑초와 거닐기도 했지
하지만 어디서부터 잘못된 건지
애타는 마음은 화를 자초하고 말았는데

달빛 기울어가는 창가에서
밤하늘에 수놓은 마음이 서럽다
별마다에 소원을 빌었던 지난날
눈물 꽃마다에 자꾸만 희미해져가는 당신
언제쯤 초롱한 당신을 볼 수 있으련지

풀잎 이슬

날아가고 싶다
나비처럼 훨훨

길섶에 곱게 물든
개나리 한아름 따다
예쁘고 깜찍한 유리병에 담아
싱그러운 아침을 네게 선물하고 싶다

별도 달도 숨어버린
네온사인 가득한 거리
초엽에 기댄 채로
새벽이 오기를 기다리는 너는

누구를 닮아
물속에서도 그렇게
예쁘게 빛나는지

깊은 밤을 날아서
새벽녘에 올라간 산책로

아침햇살에 떨어지는
풀잎이슬의 반짝거림이 여전히 싱그럽다.

울고 싶은 날의 오후

먼 산 해질녘
눈가에 이슬이 맺혀도
파도 타고 흐르는 노을빛 풍경
그림으로 펼쳐지고
동해바다 풍경이 나를 울린다

해거름녘
음악소리 잔잔하게 흘러나오고
청명한 목소리에 짙어가는 바닷가
한 잔 술에 눈물을 삼키는데
안경 너머로 서러운 정이
안개처럼 희미해져가는 내 인생

두 주먹 불끈 쥐고 살아봐도
너무 힘이 든다고
엄마 잃은 설움처럼
부모 없는 외로움처럼
허전한 마음을 그 누가 알리요

내가 울면 내 인생이 따라 울고
내가 웃으면 내 인생이 따라 웃겠지만
별빛이 흐르는 까만 밤
하늘의 고요함과 가슴 속 그리움으로
울고 싶은 해거름녘

바다에 피어오르는 물안개처럼
창가에 기대어 서서
지난날을 회상하노라니
내 속에 살아나는 여운 하나
가슴속에 멍울 되어 차오르는 얼굴 하나

아들 생각

홍천에서 너를 만나고 돌아오는 길
발아래 쇠뭉치를 달고 걷는 것 같아
얼마만큼 더 기다려야 하는지
품에서 벗어나면 괜찮을 줄 알았다

항상 눈에 선한 네 모습
아파도 내색 없는 너
금방이라도 달려올 것 같은데
얼마만큼 더 아파해야 단단한 나무가 될까

세상 그 무엇과도 바꿀 수 없는
소중한 걸 잃을까봐
나는 늘
네 주위를 맴도는 철새가 되고

불현듯 떠나버린 너 없는 텅 빈 세상
벗어날 수 없는 쓸쓸한 외기러기처럼
자꾸만 가슴은 저려오는데
촛불 하나 밝혀두고 널 그려 본다.

천상에서 만날 인연

시시때때로
귓전에 들려오는 음성
애타게 찾아 맴도는 당신의 모습은 간데없고
아련한 추억 속 이야기
천상의 메아리 되어 가슴속으로 스며든다

보일 듯 보이지 않는
당신의 힘없는 발걸음
가슴 한켠으로 번지는 고된 사연 속 서글픈 시절
살갗을 에이듯
미련 많고 한도 많은 당신

천상에서 만날 인연 곁에 없는 지금도
내가 사랑하는 사람
당신 생각에 알 수 없는
아롱진 멍울로 남은 가슴앓이
나 어찌 살아가야 하는지

이름 없는 새가 되어

나는 이름 없는 새
세월 흐른 뒤
내가 세상에 없을 때
한 편의 시와 함께 내 이름 석 자
세상 위에 전해질 수 있으면 좋겠다

마음속으로 그려가는
커다란 꿈은 언제쯤이나 이루어지려나
빛바랜 앨범과 노트 사이를 비집고 나오는
잔잔한 옛 사랑의 그림자

누구는 한 편의 드라마로 시작해
평생을 화려하게 살다 가고
누구는 찌든 삶 속에서 얄궂은 사연
평생을 미련하게 아픔도 끌어안고 산다

오늘도 난
어둠이 드리워진 넓은 창가에 기대어
피곤도 잊은 채
허공 위로 겁 없는 날개짓을 펼친다.

동생 생일 날

어김없이 해맞이 따라 다가오는데
이번엔 함께 할 수 있을까
또 그렇게 무심코 넘겨버리고는
네 생각에 사로잡혀
미안함에 목이 메인다

애틋함으로 스며드는 마음
널 생각하노라면
가슴에 묻어둔 서글픈 기억들
바람에 실려 새록새록
나를 울리곤 돌아 선다

올해도 어김없이 찾아오고
다시 그렇게 넘겨버릴 것 같은 불안함은
언제나 그랬듯이
바람에 실려 부풀어 오르고
마음속엔 이미 속앓이 중

03

요 며칠의 자유로움

그랬으면

바람이 차가워진 들녘
솔밭 사이로 내비치는 햇살 고운 날
길바닥에 나뒹구는 잎새 사이로
당신 모습이 떠오르고

고운 단풍나무 위로 걸터앉은 해님
곁에 있어도 보고싶다는 말
철부지 어린 시절엔 몰랐다
왜 그리 안쓰럽게 느꼈는지도 모르겠다

갈바람에 날아가 버린 가지마다
흩어져 가는 갈색 추억들
들판에 채워지는 곡식처럼
품안에 꼭 안아줬으면

꿈속에서라도
당신의 온기를 느낄 수 있도록
오랫동안 기억할 수 있도록
붉게 타오르는 저 가을들녘처럼

사는 이유

슬퍼도 울지 말아요
슬픈 사랑도 추억일 수 있잖아요
아파도 울지 말아요
그 아픔까지 함께할 수 있잖아요

하늘이 온통 까만 먹구름
내 마음까지도 흐린 날
그래도 비와 함께라서
그 슬픔의 농도를 알 수 없잖아요

가슴 아픈 사연일랑
모두 바람결에 날려 보내요
마디마다 맺힌 그리움은
그냥 간직하세요

예쁜 사랑으로 행복을 만들어가요
고운 추억으로 간직해요
훗날 두고두고 그리움으로
기억할 수 있잖아요

가슴 깊이 흐르는 기쁨이든
슬픈 사연의 괴로움까지
담을 수 있을 만큼 채워
오래도록 기억할게요

그것이 내가 사는 이유예요
그래서 오늘을 버티게 하는군요
그럼으로 우리 사랑은 영원해요.

마음의 고향

산길을 곡예하듯 달려가는
유난히 시린 바람
초겨울의 해질 무렵은
가슴이 미어지도록 쓸쓸한데

마음이 서글픈 날
아무런 길이라도 하냥 걷고만 싶고
휘몰아치는 폭풍우에도
늘 그 자리에서 평행선을 그리는
평온함 때문일까
보잘것없는 날을 뼛속 깊이 공존시켜 왔는데

유난히 비가 많이 내리던 날
그렇게 내 그리움은
가슴 깊이 비에 젖어
스며들었다.

살구

지붕 끝에 대롱대롱
어설프게 달린 가지마다
익어가는 모습이 처량하다

주홍빛 고운 얼굴에
까만 속살이 튕겨 나와 바닥에 뒹굴고
곪아 터져버린 네 삶이 애처롭다

하루 또 하루가 지나고
집채만 한 무게에 짓밟혀도 끄떡없이
수천 번을 짓눌려도 단단한 네 분신들

재잘재잘 세상물정 모르는 녀석들
얼마 남지 않은 시간도
제 몸 누렇게 썩어갈 줄도 모른 채
활짝 웃는 모습이 슬프구나

속내가 부실하지만
네가 더 곪아 터지기 전에
내 모두 다 삼켜버렸으면 좋겠다.

태조산

태조산에 올라
호수를 만나지 못한 이들은
천안 사람이 아니다

슬픔이 목까지 올라와
숨이 막혀 질식할 것만 같아
대신 울어주려고 저 산 아래 자리했는지
마음 깊은 곳에 묻어둔 사연
바다는 아니어도 마음이 편안해진다

가끔씩 올라보는 정상에서
혼자만의 하루를 갈무리할 때쯤
다시 또 나를 보금자리로 돌려보내려는
깊은 하늘바라기 호수의 마음

때론 험난한 오르막길을
때론 가파른 내리막길에서
살아 숨 쉬는 모든 사물들과 친구가 되었을
내 안에 그리움의 이름이 된 너

굽이굽이 돌아누운 산천
마음은 한결 가볍고 신이 난다
노을빛이 주는 사랑 싣고
내가 가야할 길을 달려본다

옷깃을 스치는 바람에도
괜스레 서글프거나 우울한 사람은
태조산에 올라가 보라
그곳에서 호수의 마음을 찾을 수 있으니

첫 키스

두근두근
심장박동 소리가
촉진제를 맞은 듯 빨라졌다

가슴 속 일렁이는 설레임
네 눈에 나를 가둔 채
내게로 다가온 부드러운 입술

네 온기가 내게 전해져
마치 감전이라도 된 듯
몸 가눌 길 없이 굳어졌다

나를 꼭 감싸 안은 채
마주앉은 작은 공간 속
짜릿한 첫 키스

나는 알았네
첫 키스란 새콤하고 달콤한
오미자차 같은 것임을

난각풍爛脚風

조금은 가녀린 듯 보이지만
매일 그 누구보다 씩씩한 그는
늘 입가에 미소를 선사해주며
애틋한 마음을 보이는데
당최 오늘은 웃지를 않네요
창백한 얼굴
불편해 보이는 눈빛
많이 야위어진 그녀
예전 그 당돌한 모습은 어디로 갔을까요

알고 보니 속내가 숯덩이였네요
맘고생이 심해 죄다 헐었어요
길을 걸어도 밥을 먹어도
그 아픔 홀로 삭혔나 봐요
뜻하지 않는 곳
발바닥뿐 아니라 손가락 마디마다
제 손이 아니면 안 되는 줄 아는 그녀
참 얄미운 오늘이네요.

산다는 건

내 가슴에 글이 되어 흐르는 구름아
가끔 들려오는 굵직한 소낙비 한 자락에도
나는 젖은 목소리로 네게 화답했지
흐르는 물처럼 사는 거야
모든 살아있음에 감사하며 사는 거야

하늘엔 구름이 있어 행복한데
땅 위엔 돌멩이가 있어 가끔 넘어지기도 하지
넘어졌다 다시 일어서기를 반복하면서
우리는 삶의 행복을 부대끼며 아는 거야

때론 거칠게 다가서는 세상 앞에
내려놓고 싶은 심정일 거야
요동치는 심장박동 소리
가끔은 지는 것이 이기는 것이라고 생각해

내 가슴에 글이 되어 흐르는 사람아
산다는 건 다 그런 것 같아
나를 둘러싼 모든 것들

숨 쉬는 것들과 존재하는 것들을

내 아이들처럼 사랑하며 사는 거라고

내 하나의 사랑은

내게 있어 그대는
가슴속 지지 않는 별과 같아
양귀비처럼 아름답게 피어날 수 없어도
날마다 환하게 비춰주는 빛과 같았으면

그대에게 있어 나는
창가에 비치는 아침 햇살과 같아
매일 아침 함께 눈 뜨는 삶을 살 수는 없어도
날마다 따뜻하게 살펴주는 빛과 같았으면

그대와 나 영혼 앞에서
한결같은 이해와 사랑으로
빛과 같이 환하게 따뜻하게 느낄 수 있다면
우리 함께 바보가 되어도 좋겠지

우리
하나의 사랑을 위해 서로를 위해
이웃의 모든 것들과
친구가 되어도 좋고

돌부처가 되어도 좋아
내 하나의 사랑만 가질 수 있다면

그대를 사랑하는 일은

오늘도 변함없이 반복되던
하루의 일과는 끝이 나고
어김없이 저녁노을은 짙어만 가는데
당신은 먼 곳에 있습니다

끝없는 당신에 대한 그리움이
내 가슴에 싹을 틔우고 꽃을 피워도
그 향기 그대에게 전할 수 없는 난
들에 핀 한 송이의 이름 없는 꽃인 것을

내가 그대를 사랑하는 일은
끝없는 기다림이고
하얀 들꽃처럼 힘없이 하늘거리는
한없는 그리움의 연속입니다

내가 그대를 사랑하는 일은
그대 가슴 어느 한 자리에도
뿌리내릴 수 없는
끝없는 사랑과 아픔인 것을

내게 다가온 아픔들을 알면서도
내가 그대를 사랑하는 일은
자꾸만 마음을 다지면서도
가슴 한 켠에 싹트고 있는 이름 모를 그 무엇

아! 오늘 하루도
그대를 사랑하는 일은
끝없는 그리움과 기다림으로
긴 밤을 하얗게 지새우며 흐느끼는
들에 핀 한 송이 들국화

야밤의 질주

하늘 끝에 걸린 먹장구름
금방이라도 쏟아져 내릴 듯
까아만 하늘빛 세상

반가운 님의 얼굴 마주보기에
시간 가는 줄 모르고
그동안 못다 한 재잘거림
어느새 다가온 칠흙 같은 어두움
안녕을 말하고 뒤돌아서는 발걸음
기약 없이 길 떠난다

얼마만큼을 달렸을까
먼 산 아래 번쩍 번쩍 불 쇼를 하듯
환하게 밝아졌다 금세 사라지곤 한다
갑자기 억수같이 쏟아지는 폭우에
내 몸이 휘청거린다
나를 감싸고 달리는 집채가 흔들린다

등 뒤로 흐르는 식은 땀
폭우 속 저만치

가까워진 불 쇼의 정체는 번개였다
하늘도 으르렁대는 야밤의 질주
거리마다 빗물 가득 지쳐가는 네 바퀴
아! 이제 그만 쉬고 싶어라

천호지에서

하루가 끝난 오후
한걸음에 달려간 천호지
꽉 낀 청바지 같은 주차장에
겨우 주차하고
둘레길 따라 걷는다

코끝으로 전해지는
봄 향내 그윽한 미풍
도심 속 찌든 먼지를 피해
대형 공기청정기 아래를 걷는다

개나리 빛 고운 시선
탄성이 절로 나오고
이보다 더 좋은 곳
어디 또 있을까

풍경도 담고 기구도 돌리고
짬 내어 달려간 자리
힐링 한 시간의 함박꽃

지금 이 시간이 참 좋다
내일을 기약하는 오후 산책길

그녀와 차 한 잔을

삶의 여정
그 끝에 걸린 아쉬운 걸음
잠시 쉬어가는 길모퉁이 작은 찻집

살며시 고개 들어 내비친
작은 틈바구니로 환한 네 얼굴
마치 분무기로 세수라도 시켜주듯
분사하면 더 윤기가 흐르던 너
뾰족이 내민 작은 톱니바퀴처럼
앙증맞은 모습이 진주보다 더 곱다
아직 채 마르지 않았는데
널 사랑한 나머지 자꾸 손이 간다

아침이면 늘 그렇게
분무기를 들고 움직이는 그녀
이제는 조금 쉴 때도 된 것 같은데
화분을 들고 내리며 자리 배치를 다시 한다

작은 체구에 사내들도 버티기 힘들 텐데
아침저녁 종종걸음으로 쉴 새가 없다

조금은 피곤해 보이지만 늘 씩씩한 모습
때론 안쓰럽고 때론 억척스러워 보인다

매일 매일 또 다른 공간 속에서
사람들과 관계를 이어가는 그녀의 삶
오뚝이처럼 지치지도 않는지
못다 한 사랑의 그림자 탓일까
그만의 고집일까

오늘 그녀와 차 한 잔 나누고 싶다.

사량도

사천을 지나 내지항에 발을 딛고
뱃길 따라 바람 따라 헤쳐 나가면
끝없이 펼쳐진 아름다운 한려해상이 보이는데
검푸른 거친 물살 따라 흘리는 풍광에
엉클어진 머리칼 뒤로 뱀처럼 생긴 사량도

조각나고 깎인 돌이 모여 사는 큰 바위산
앞서거니 뒤서거니 정상에 오르면
눈앞에 낮게 엎드린 비경들이
곳곳에 펼쳐진 아름다운 풍경들이
한 쌍의 연인을 지켜보는 듯 자리 한다

아직도 푸른 물살만 바라보면 말문을 닫는
사랑하고는 거리가 멀었던 여인
사량도에서 이루지 못한 사랑은
영원한 사랑일 수 없다는 전설을 간직하고
사량과 사랑은 점 하나의 차이지만
정녕 그대는 사량도에서 사랑을 해 보았는지

저리도 몸이 달아 뒤척이는 파도는
풀리지 않는 수수께끼처럼
사랑도의 발끝에 머물다 가고
사랑인지 사랑인지 그저 바위가 되고 싶은
내 작은 소망 하나 남기고 돌아선다.

아반떼

웬만해선 집에 붙어 있을 때가 없다
그의 발바닥은 닳고 닳아서
또 다시 지난 달 새것으로 갈아 넣었다
부지런한 건지 극성인지
도무지 알 수가 없다

오래전부터 따라다니는
저 깊은 고랑 속의 검은 점 하나
걸을 때마다 뼈를 쑤시는 아픈 상처
딱지처럼 굳어버린 마음
이제 그 누구도 알 리 없다

푸른 파도 넘실거리는 저 멀리 동해 바다
아롱지는 내 벗들에게
그의 발을 빌려 달려볼까
자꾸만 상상의 나래를 펼쳐본다

나 너를 너무도 사랑해
언제나 나와 함께 달리는 한 몸

못 말리는 주인 덕에 더 바빠진

내 사랑 아반떼

오서산

창가에 스며드는
아침 햇살에 눈을 뜬다
가을은 저만치 흘러가는데
시간은 나를 이곳으로 데려다 놓았다

억새는 황금빛 자태를 뽐내듯
내 키만큼 자라 곧게 서 있는데
억새로 가득한 샛길
가을빛 찬란함으로 눈부신 들녘의 노래

산 아래 해변에 맴도는 갈바람도
마음 깊은 곳에 작은 추억으로 묻어두고 싶다
설렘으로 다가오는
정상에서의 벅찬 환희는 감격 그 자체이다

멀리 대천 앞바다에
그리움 한 가닥 내려놓고
석양이 곱게 물들어 가면
가을도 저만큼 멀어지겠지

달을 닮은 당신

해미읍성을 지나
아스팔트 길 따라 옹기종기
전원 풍경이 시골스럽게 모여 있는 곳
꼬부랑 논둑 밭둑 길 따라 오리쯤 달리면

먼발치 마주 보이는
덩치 큰 고목이 친구같이 다가서고
풀 향기 그윽한 대문 없는 앞마당에
지붕이 낮게 보이는데

오가는 사람 쉬이 오라는
당신의 따뜻한 배려가 돋보이고
마당에서도 안이 훤히 들여다보이는 게
그 옆으로 작은 서재 역시도 일품인데

시골 된장처럼 구수한 품성
누구라도 반가이 맞아주는 심성
정월 대보름 넉넉함으로
두리둥실 달을 닮은 당신
참 좋군요 아주 좋아요.

어설픈 우리사랑

바람결에
그대의 향기 느껴요
나를 위한
그대만의 내음이지만
지금 내 속엔 없어요

고개 들어
그대를 그려요
까만 허공에 수놓은 작은 별들을
그대는 아시나요
숱한 방황 속 우리사랑을

어설펐어요
풀리지 않는 매듭처럼
사연들 너무 많았어요
그만큼 힘들었어요
그만 소리 내어 울었어요

떠났어요
더 나은 시간을 위해

향기도 저버리고
방황의 끝을 찾아갔어요

그 끝 정말 끝일까요.

안개를 닮은 사랑

두근거리는 가슴
바라만 보아도 뜨거워져
만남과 이별을 거듭하면서
겁쟁이가 되어버린 숨은 그림자

서투르게 다가오는
안개를 닮은 사랑이지만
옹달샘 같은 우리의 사랑
특별한 사람이 되고 싶어

마음 깊은 곳의
울림
아직은 희미한
안개 빛 너울

조금 더 가까이
저 멀리 광덕산 자락만큼 넉넉함으로
안개를 닮은 사랑으로
살포시 안아주세요.

04

늘 나는

사람 사는 냄새가 그리운 날

내가 가야 할 길이라면
억새처럼 끈질긴 생명력을 지녔으면 좋겠는데
더불어 가는 세상이 아름답듯
아직도 나는 사람 사는 냄새가 그립다

집채만 한 덩치라도 착하고
바라만 보아도 그저 산사람인 듯
고향 친구들처럼 피붙이처럼
포근한 냄새를 풍기는 사람이 그립다

길을 가다 만나도 오랜만에 만나도 반갑고
허튼 얘기에도 기분 좋은 사람
사람 사는 냄새가 나는
그런 사람과 함께 걷고 싶다.

눈물은

가슴이 따뜻하지 않은 사람
마음으로 느낄 수 없는 사람
그들에게는 없습니다

사랑이 메말라 있는 사람
온정으로 배려할 수 없는 사람
그들에게도 없습니다

오직 가슴으로 느끼며
힘들고 어려운 때
남의 슬픔이 내 것인 양 슬퍼할 줄 아는
그런 당신에게만 드릴 수 있는 선물입니다

함께 그릴 수 있는 추억
슬픈 사랑 뒤에 오는 가슴앓이
그 쓸쓸함 같은 그것은

애타게 부르다 지칠 그 누군가를 위한
그리움의 강물입니다

당신에게만 보여주고 싶은
나만의 표현입니다.

슬픈 사랑

그리운 친구들과
함께 할 수 없었던
지독히 외롭고 힘들었던 타향살이
남들이 눈길을 주지 않던 길

객지에서의 발걸음이
용기로 도전으로 집념으로
세상을 살아내면서
큰 힘으로 자리하는 지금

소중한 사람들과 마주 잡은
따뜻한 사랑에 기대
따듯한 동행의 발길로
한 걸음 더 다가갑니다

아무리 슬퍼도
다시는 울지 않겠노라 다짐하면서
꿈꿨던 행복과 또 다른 성공을 위하여
영혼의 느낌으로 노래합니다

변함없는 모습으로
늘 곁에 있어 준 추억의 책장
아주 특별한 카페와 함께하는 그날까지
꿈을 안고 당신과 비상하고 싶습니다

오랫동안 당신의 마음과 기억 속에
그리고 영혼 속에
작은 사랑으로 남아
생명력 있는 시인으로 남겠습니다

그대가 내 곁에 없다 해도
나 그대를 진정 사랑합니다.

시는

내게 있어 시는
영혼의 노래다
사랑의 노래다
오늘 나의 노래다

늘 그랬듯이
아니 오래전부터 그랬듯이
지난 시절
나를 살게 한 힘이다

오늘도 난
빛바랜 수첩 속에
나를 쓴다

시가 있어 내일이 있다고

광덕산 연가

가을날의 간절한 소망
앙상한 가지 위에 몰아치는 바람처럼
내 눈물 드리운 채로
이제는 너를 보내려 한다

홀로 가는 길
온몸을 감싸는 냉기에
외로움의 벽은 짙어만 가고
무정한 바람만 나를 따른다

고독한 밤의 적막
멀리 광덕산 어느 한적한 곳에
그리움 한 가닥 적셔두고
소리 없이 까만 밤을 달려본다

고단한 육신
날마다 돌덩이 하나 삼키고 나면
계절의 탈바꿈처럼 우리의 사랑도
국화꽃 싱그러운 향기로 다시
피어날 수 있을까

들국화

하늘 아래 제일 아름다운 너
하늘 아래 제일 향기로운 너
은근하게 소박한 모습으로
내 마음속 강물이 되어주는 너

언제나 잔잔하게 스며드는
너만의 깊은 향기
그저 바라만 봐도 좋은 게
어쩌면 그리도 곱고 예쁜지

있잖아, 너만 알고 있어
나 널 사랑하나봐
나 네게 아름다운 여인이고 싶어
두 팔 벌려 한아름 안아주고 싶어

너는 내 운명이야
영원히 너를 영원히 사랑해
내가 이 세상에 태어나
너만큼 향기로운 꽃을 본 적 없으니까

있잖아, 그럴 수만 있다면
내 생애 마지막 길도
꼭 너와 함께이고 싶어

죽을 만큼 힘들다

아무것도 보이지 않는
동굴 속에 홀로 남겨진 듯
천천히 숨을 가다듬고 걷는다
내일도 또 그렇게
밤의 적막을 깨며 꿈을 꾸겠지

어둠의 습지에서
얼굴에 떨어져 흐르는 동굴 눈물
마음은 파도처럼 밀물과 썰물 되어
경련을 일으키듯 출렁이고
기억 저편 숨 쉬는 작은 편린들은
언제쯤에나 사라지려는지

바람아 불어라
내 가슴속까지
세차게 불어라
다시는 사람 때문에 아프지 않도록

한 사람 한 사람의 소중한 인연이
남보다 못한 타인으로 걸어갈 때

세상에 버려져 홀로 남은 듯
가슴 찢어지듯 아파해야만 할 때
거짓으로 도배하는 세상이 어디 너뿐이랴

바람아 불어라
세차게 불어라
내 안에 남은 티끌만큼 한 기억까지도
모두 날려 보낼 수 있도록

꽃보다 예쁜 딸

아파트 주차장을 걸어 나서며
나풀거리는 치맛자락만큼이나
곱게 하늘거리는 꽃 이파리
그 꽃잎보다 네가 더 예쁘다면
그 말을 믿어줄까

먼지 나는 비포장도로를 달리다
통통 튀는 새침떼기 네가 생각나
드라이브를 핑계 삼아
네게 달려가고 싶을 때가 있다는 걸
그런 발길을 알아줄까

가끔은 내 앞에 서 있던 너를 보며
불쑥 안아주고 싶었지만
쑥스러운 마음이 앞서
속으로만 삼키고 있다는 걸
그런 마음을 이해할까

예쁜 너의 얼굴이
고운 너의 마음이

꽃보다 더 예쁘다는 걸
믿어주고 알아주고 이해해 주길
네 삶이 성공으로 빛나길
푸른 저 하늘에 빌어본다.

모정慕情

한낮의 불볕더위 마다하고
옹기종기 앉아 이야기꽃 피웠거늘
자정 너머 돌아온 당신의 육신은
돌덩이처럼 굳어져 있었다

철부지 꼬맹이의 가슴
울컥울컥 설움을 토해내던 밤
얼어붙은 당신의 영혼 위에
내 눈물 드리운 채로 굳어버린 당신

예고도 없이
당신의 덧없는 이별이
그저 사랑으로 엮어진 채
끝없는 그리움으로 노래하게 하고

그리 떠날 줄 알았더라면
나 당신을 더 많이 사랑할 걸 그랬지요
세상모르던 눈물겹던 지난날들
당신으로 인해 더욱 눈부시도록
나 당신 향한 그리움으로 살렵니다

못다 한 당신과의 사랑
그리움에 사무치는 사랑하는 어머니
오래오래 영원히 당신을 사랑합니다.

동생을 가슴에 묻고

산행 길에 만난 가슴은 외롭지 않다
늘 산과 동행할 수 있으니 말이다
산을 오를 때마다 여린 가슴은 시커먼 소금길 되어
안개가 자욱한 길 속에서 헤매는데
그 짧은 생을 앗아간 잔인한 기억들은
은빛 여울이 되어 내 마음으로 다가서는데

막내 동생 현이를 생각하면 왜 이리 아파올까
외로운 꿈길을 걸었던 게야
내 가슴을 이리도 후벼 파는 걸 보면
쓰린 가슴 부둥켜안고 울던 날도 어느새 오십 년
산행 길 잔돌멩이 하나라도 눈길이 닿으면
너를 보는 것만 같아 주머니에 넣고 돌아서는데

엄마 떠나신지 일 년이 가기 전에
다시 너를 보내야 했던 지옥 같았던 시간
그래, 그래서 더욱 독하게 살았을지도
슬픔과 아픔을 세월 뒤에 감춰 놓은 채
정든 세월도 고향도 피붙이도 온통 가슴에 묻고
최씨 가문 장녀로 살았을지도

슬픈 바다

희뿌연 안개 속에 묻어나는 하늘 연가
마음이 서글퍼 희미해진 동공
금방이라도 쏟아질 것만 같은 소나기
어디서 무엇이 잘못된 걸까
삶의 무게가 거칠게 흔들리던 날
내 꿈은 갈 곳을 잃은 채 한 곳으로만 달리고
끝없는 사랑으로 주기만 했다

실오라기 같은 희망 한 줌 움켜쥐고
살아낸 지난 세월
삶의 굴레를 벗어나 나를 위한 자리로 돌아가는데
그 누구도 나를 대신 살아줄 이 없음을
이제야 깨닫고 지금 그는 울고 있다

고향에 두고 온 정情들이 꿈틀거리고
온갖 고민과 번뇌를 짊어진 채
울다 지쳐 잠이 든 영혼
잠시만이라도 그곳에 미소가 찾아오기를
평안이 깃들기를 빌어본다.

울긴 왜 울어

찌든 가난에
조금이라도 오래 입으려고
길게 접어 입던 바지 기럭지
철따라 조금씩 늘여가며 입었다

어려운 환경에
옷 한 가지 책 한 권이라도
형제들이 자매들이
물려받고 대물림 하면서 살았다

모든 게 부족함에
아끼고 나누고 물려주던 일상에
산으로 올라 소리를 지를 때면
메아리 되어 들려오는 건 후렴부뿐이었다

마음은 서글픔으로 쌓여만 가고
고뇌는 깊어가는 데도
살림을 도맡아 하던 여린 소녀는
가족을 먼저 생각해야 했다

모든 걸 내려놓고 싶을 때가 많았다
할 수 있는 건 다짐뿐이었다
어설픈 시를 쓰며 달랠 뿐이었다
때때로 울긴 왜 울어 노래를 불러댔다

잊혀지지 않는 거친 세월들
또 다른 삶의 방식으로
나만의 속풀이로
지난한 세월을 이겨냈다.

내 사랑은

내 사랑은
이슬처럼 맑고 깨끗해
가끔은 몰래 도둑을 맞기도 하고
누군가 만지려 하면 금방 사라져 버려

널 처음 본 순간 느꼈어
너처럼 맑은 이슬도 없을 거라고
너의 투명한 마음 안에
흙물이 들어가기 전까진 그랬어

맑은 물과 흙물이 만나는 순간
난 또 다른 맛을 느낄 수 있었지
조금은 씁쓸한 느낌으로
약간은 짜릿한 느낌으로
내 속에 스며들었어

그곳에 가면 알 수 있겠지
넌 투명한 사랑만을 좋아해서
이슬에 취하지 않아도 아마 모를 거야

그 어디에서도 느낄 수 없는
담백하고 구수하고 싸한 맛

언제든 추억의 사람들과
함께하고 싶은 그곳
유가네 장어집

연정緣情

고독한 시간
마디마디 맺힌 수많은 사연
마음보다 눈물이 앞서
아무것도 할 수 없는 한 사람
삶을 대변이라도 해 주듯
비가 내려요

하루 이틀이 지나고 일 년이 흘러가도
채워지지 않는 빈집
산을 오르고 강을 건너도
너의 마음을 이해할 수 없어
내 기억 속에서 지우려 했지만
가질 수 없는 너의 온정이
나를 또 다른 삶으로 살아가게 했어요

무겁게 내려서는 어두운 그림자
스쳐 지나는 바람결에라도
내 소식 혹여 듣는다면
끝까지 함께하지 못했던 연緣으로

많이 아파하지는 마요
누구나 한 번쯤 피었다 지는 게 인생이잖아요

내 길의 종착역이 어딘지도 모른 채 살다 간다면
우리네 삶은 아무 의미가 없을 거예요
그래도 나에겐 당신이 있어서 행복했어요
내 안에 당신을 품고 살게 해줘서 고마워요.

너무 많이 아파서

그 무엇도 삼킬 수 없어
목이 너무 아파
가라 가라 더 이상 날 찾지 말고

계절이 지나는 언덕에서
해마다 그 어떤 시련이 찾아와도
너만큼은
더욱 단단히 살라 했는데

이는 바람에 휘청이는 너의 본향
어디메냐
흔들거리다 쓰러지는 거목
어디 너뿐이더냐

한참을 지나도 누구 하나 보이지 않아도
낙엽은 떨어지고
마른 나뭇가지에 가시덤불 엉성한 집
스파크를 일으키듯 타 들어가는 몸 속 아모르여

그대여

부디 날 위해

이별의 노래를 불러줬으면 좋겠소

탑 차 안에서

불볕더위에 땀이 뒤범벅
바람 한 점 없는 깡통 속에서
창문도 없는 탑 차 안에서
쉼 없이 움직인다

온몸으로 느껴지는 은빛 사연들
마음 깊은 곳 어디서 나왔나
하나 둘 내게로 스며들어
이내 작은 강물이 되어 흐른다

불 같은 성질머리는
저만치 던져버려도 좋으련만
왜 이리 열정으로 살아가는 걸까
누굴 향한 그리움이련가

화장도 지워진 채
땀으로 범벅이 된 채
억척스럽게 살아가는 이유는
누굴 위한 몸부림인가

지친 날개를 잠시 쉬어
좀 더 멀리 바라보며
내가 잘 살아가는 이유는
바로 일과의 사랑이 함께하기 때문이다.

만원버스

먼지 자욱한
비포장 도로가에
시내버스 한대 멈춰 섰다

먼지를 피하려 눈 가늘게 뜨고
주머니 속 회수권을 내밀며
발을 올려놓는다

한 치도 허용 않는
만원버스 안내양은
인정사정 볼 것 없이 등허리를 밀어대는데
얄미움 반 답답함 반
버스는 내달리고

무서운 아침이
그렇게 시작되면
그때 그 시절은
지옥으로 기억되고

오십을 넘어선 지금
미어터질 것만 같던 만원버스가
먼지 자욱한 신작로가
고향 산천만큼이나 자꾸 그리워지는데

행복해요

고마워요
세상에 태어나게 해줘서
살다가
당신을 닮은 또 다른 당신을 만난 것이 행복이고
살면서
삶의 여유를 알게 해줘서

앞만 보고 달려온 시간들
한 걸음 뒤에서 지켜볼 수 없어
가끔씩 아쉬움과 그리움을 동반하지만
그래도 당신을 만나서 행복해요

내게 있어 당신은
안개꽃에 장미 한 송이를 꽂아 둔 것보다
천 번 만 번 살갑게
더 아름다운 미소로 다가와요

감사해요
처음 그날처럼 날 웃게 만들고
늘 많이 사랑해줘서

[발문跋文 - 해설]

관계의 훼손에서 관계의 복원으로 나아가는 길

- 최정순 시집『내 사랑엔 이유가 없다』에 부쳐

윤성희(문학평론가)

[발문跋文 - 해설]

관계의 훼손에서 관계의 복원으로 나아가는 길

- 최정순 시집 『내 사랑엔 이유가 없다』에 부쳐

윤성희(문학평론가)

1.

『죽은 시인의 사회』에서 키팅 선생이 학생들에게 묻는다. "여러분, 문학이 뭐죠?" 학생들이 얼른 교재를 펼쳐 대답할 말을 찾기 시작한다. 그러자 선생이 다시 말한다.

"찢어버려. 그런 교재 따위는 찢어버리라고. 문학은, 바로 우리들의 삶 그 자체란다."

문학은 형식이니 규범이니 하는 낡은 거푸집으로 규정되는 것이 아니라 가공되지 않은 삶, 그것이 곧 문학이라는 말일 것이다. 그걸 좁혀 말하면 시詩도 또한 우리의 삶 그 자체다. 그런 점에서 사람은 누구나 다 자기의 시를 품고 살아가는 셈이 된다. 그렇다고 또 모두가 시인은 아니다. 시인이란 시를 '쓰는' 사람이어야 하기 때문이다.

사람은 각자 삶으로, 행동으로 자신의 시를 껴안고 살지만, 그것을 시적 언어로 발설하기까지는 시인이 아니다. 시인에게는 삶의 실재를 가지런히 정돈하고 거기서 의미를 찾으라고 채근하는 화자, 발화를 충동하는 생의 화자가 있다. 무질서하게 흩어져 있는 자기 생의 잔가지들을 끌어모아 삶을 재건축하라고 권하는 또 하나의 자아이다. 그러므로 한 시인의 시를 읽는 일은 그 재건축의 현장에 개입해서 그 도면을 함께 들여다보는 일이기도 하다. 자신의 생을 바라보며 말하는 화자의 시적 시선과 마주치는 일이기도 한 것이다.

2.

최정순 시인이 지금까지 쓴 시들을 간종그려 담아온 원고를 읽는다. 먼저 그의 자전적 생애가 함축되어 있는 시편들에서 시인의 삶의 뒤안길을 함께 돌아보며 그의 생이 품어온 '시'가 어떻게 발설되는지 살펴볼 참이다. 일단 최정순이 품어온 시의 기원은 따뜻하고 평화로운 기억을 불러내는 어린 시절로 소급된다. 세상의 소음도, 오염된 공기도, 분열된 자아도 없는 생의 시작점이 거기 있다. 그걸 사람들은 고향이라 부르기도 하고 원형이라 일컫기도 한다. 누구나 가지고 있는 이 존재의 바탕이야말로 최초이자 최후인 생의 안전지대라 할 수 있다. 그 고향에서는 푸른 생명의 유희가 펼쳐지고 순결한 동심이 날개를 얻는다.

초등학교 앞 개울가에서 물장구치고
바위틈 돌멩이 죄다 들춰가며 가재 잡고
가시내 머스마들 이리저리 뛰놀던 날들
가끔은 날다람쥐가 되어 사과랑 복숭아 따다
쐐기한테 한 방 먹기도 했지

-「그곳 내 고향」 부분

최정순에게 고향은 이처럼 활기찬 감정과 친밀한 유대의 첫 감각이 발원하는 곳이다. 발랄하고 경쾌한 생의 즐거움이 거기 있다. 어쩌면 인생에서 가장 행복한 시간일 수 있고, 가장 충만한 감각이 구현되는 장소일 수 있을 테다. 유년의 활력과 존재감으로 꽉 차 있는 타임캡슐이라 해도 좋을 것이다. 그러나 시인은 순수한 마음의 바탕 이미지를 기억 저편에 밀봉해 두고만 있기에는 세상이 만만치 않다는 것을 안다. 그에게는 봉인된 타임캡슐을 꺼내다 열어야 할 충분한 이유가 있던 것이었다. 시인의 어린 자아는 이미 거칠고 매서운 겨울바람에 갈라지고 찢어져 가고 있기 때문이다.

사실 좋은 추억은 온기를 간직하고 있다. 추억은 지난날 삶이 얼마나 활기로 가득 차 있었는지, 생의 바다가 얼마나 잔잔했는지를 일깨워 줌으로써 눈앞의 장애를 밀어붙일 동력을 만들어 준다. 따듯한 추억은 고달픈 자아를 웃음 짓게 하고 뒤뚱거리는 삶을 격려한다. 냉혹한 겨울바람에 맞서 걸어가고 있는 한 인간의 서사적 생애를 온기로 감싸준다. 그렇다면 화자에게 온기가 필요했던, 온기로 감싸야 했던 상황은 어떠했을까.

그리운 친구들과
함께 할 수 없었던
지독히 외롭고 힘들었던 타향살이
남들이 눈길을 주지 않던 길

객지에서의 발걸음이
용기로 도전으로 집념으로
세상을 살아내면서
큰 힘으로 자리하는 지금

-「슬픈 사랑」 부분

유년이란 게 다시 돌아올 수 없는 상실의 시간이듯 깊숙한 뿌리로서의 고향 또한 언젠가 뽑히고 마는 잃어버린 장소다. 존재의 거소를 잃어버린 뿌리뽑힌 자. 인간 보편으로 봐도 삶을 여행하는 동안 현대인은 누구나 다 장소적 정체성의 중심을 놓친 채 유동하는 존재일 수밖에 없다. 최정순의 경우, 정신적 차원은 차치하고라도 물리적 고향에서조차 밀려나야 할 사정이 있었던 것 같다. 그 상실의 힘겨움을 시인은 "지독히 외롭고 힘들었던 타향살이"라는 직설화법으로 토로한다.

타향살이란 애초에 자신이 속해 있던 둥지, 뿌리를 내렸던 원래의 장소에 대한 점유의 권리를 박탈당했다는 것을 의미한다. 그 박탈의 과정에서 안온한 둥지를 충격한 외부세계의 난폭한 힘이 있었을 것. 따라서 그 행간에 담긴 서사적 이력까지 상상한다면 타향살이의 상처와 흉터, 삶과 대련하며 다져진 굳은살이 눈에 보이는 듯 선명하다. '지금'은 "용기로 도전으로 집념으로” 세상을 살아냈다고 뒤돌아볼 수 있지만, 그 ‘용기’와 ‘도전’과 ‘집념’의 저간에는 고향 바깥의 세상으로 밀려나게 되는 어떤 사연이 있잖았을까.

산골짝 아래 외딴 기와집
한 길 눈이 쌓인 길을 걸으면
신발 속 양말도 추적추적
언 손 녹이려 뒤뜰 장작에 불을 지피면
매운 회색빛 구름은 눈물이 되어 뚝뚝

장작불 사이로 하얀 밀가루떡을 던지면
금세 부풀어진 풍선 과자 맛도
시린 손 녹여가며 화롯불 위에
군고구마 굽던 때도 생각나는데
웃음 뒤에 가려진 가슴속 응어리진 억장을
너희들은 몰랐을 거야

내 마음 밭을 일구던 거친 손은
찬물 마를 길 없어 피가 흘렀고
빨래다라에 방망이를 이고 걸어야 했던 새벽길
그렇게 겨울은 매서웠어
고사리 같은 여린 손길의 서러움은
고단함 삶 속에서 그만 가려졌었지

처마 끝에 까치라도 울면

누구라도 놀러오려나 하는 생각에
동구 밖 먼 쪽만 바라보고
하늘에 별이라도 보이기 시작하면
별을 보고 노래했어
엄마, 나 너무 힘들다고

고향을 등지고 가는 마음
홀로 운명의 끈을 부여잡은 채
그물 속에 갇혀가는 줄도 모르고
내 어머니와 같은 정을 키워가는 줄도 모르고
그저 떠가는 하얀 기다림 되어 살아남아야 했어

세월이 흐르고,
어느 소녀의 겨울나기는 시가 되고,

-「어느 소녀의 겨울나기」 전문

시 「그곳 내 고향」에서와 달리 「어느 소녀의 겨울나기」에 오면 아직 동심을 간직해야 할 어린 '소녀'의 자아는 동심을 벗기도 전에 '겨울'의 한복판에 내던져지고 있다. 이 시에서 겨울은 시의 배경이기도 하지만 삶의 가혹함을 드러내는 상징적 장치이기도 하다. 겨울은 어린 소녀가 감내하기 힘겨운 삶의 고단함을 포괄하고, 유년의 외상적外傷的인 경험을 표상한다. "고사리 같은 여린" 손에 피가 흐르거나 "빨래다라에 방망이를 이고" 매서운 새벽길을 걷는 것은 어린아이의 삶이라 할 수 없다. "처마 끝에 까치라도 울면 / 누구라도 놀러오려나 하는 생각에 / 동구 밖 먼 쪽만 바라보"는 기다림과 외로움의 시간마저도 서정적 분위기를 살려내지 못한다. 시에 얼핏 보이는 '웃음'이니 '눈물'이니 하는 감정 어휘도 서정적 감상感傷이라 하기에는 그의 삶 자체가 너무 신산하다.

그래서 나는 그의 시에 나타나는 시적 분위기의 특징을 서사적 정서라 부르고 싶다. 그는 어쨌든 "살아남아야 했"고, 그래서 "엄마, 나 너무 힘들다고" 호소할 정도의 간절한 사연에 포박되어 있기 때문이다. "나 너무 힘들다"는 호소, 이는 그가 처한 극한 상황의 피력이고 겨울의 매서움에 시달리는 아픈 영혼의 외침이다. 보호받아야 할 어린아이가 생활의 최전방에 나서야 할 이유, 그로부터 비롯되는 신산과 고통, 이것들에서 독자인 우리는 처연한 정서를 느낄 수밖에 없다.

고단한 생애가 부과하는 서사적 정서는 「동생을 가슴에 묻고」라는 시에서 다시 한번 고조된다. "엄마 떠나신 지 일 년이 가기 전에 / 다시 너를 보내야 했던 지옥 같았던" 비극과 불행의 연이은 경험. 그의 마음밭 도처에 지뢰가 깔린다. 언제 터져도 이상스럽지 않을 정도로 현실 상황은 비등점에 올라와 있다. 그것은 소녀의 "웃음 뒤에" 가려진 "가슴속 응어리진 억장"(「어느 소녀의 겨울나기」)으로, 감추어진 "가슴속 피멍"(「겨울 바다에서」)으로 폭발의 시간을 기다리고 있다. 프로이트 식으로 말하면 발을 조금만 헛디뎌도 피멍을 격발시킬 기억을 유발할 수 있고, 그 속으로 조금만 걸어가 봐도 심하게 뒤틀린 응어리를 만날 수 있는 심리적 지뢰다. 그러나 그걸 터트려 파편을 뿌리는 일은 시인의 몫이 아니다.

3.

이제 시인은 "웃음 뒤에 가려진 가슴속 응어리진 억장을" 을 터트리지 않고도 그것을 조용히 응시할 수 있게 된다. 삶의 회오리를 잠재우고 자신의 생애를 재구성해야 하는 것이다. 응어리진 억장이 자신의 일부가 아니라 관찰의 대상이 되었다고나 할까. 그것이 시적 연금술이 아니면 무엇이 연금술이겠는가. 미국의 문학심리학자 앵거스 플레처(Angus Fletcher)가 말한바, 문학이라는 "어떤 발명품은 슬픔을 달래주었고, 어떤 발명품은 외로움을 없애주"기도 한다. "불안감을 덜어주거나 트라우마 증상을 치유하거나 희망을 안기거나 즐거움을 배가시키거나 사랑을 부추기거나 평온함을 유도하기도" 한다(『우리는 지금 문학이 필요하다』).

세월이 흐르고,
어느 소녀의 겨울나기는 시가 되고,

-「어느 소녀의 겨울나기」 부분

가슴속 피멍은 헛구역질하듯
노래하는 시인되어 거품을 토해낸다

-「겨울 바다에서」 부분

우리는 문학이 슬픔을 달래주고 외로움을 없애준다는 말, 그리하여 상처를 치유하고 평온함을 유도한다는 앵거스 플레처의 말을 믿지 않을 수 없다. 최정순이 바로 '겨울나기'의 혹독함을 연금술적으로 바꿔놓을 수 있다는 점을 보여주지 않는가. 시는

"가슴속 피멍" 조차도 "거품"으로 변성시킬 수 있는 것. 땅속의 유충이 나비가 되어 하늘을 날고, 얼음을 견딘 씨앗이 꽃이 되어 향기를 품을 수 있다면, 혹독한 "겨울나기는 시가 되고", "가슴속 피멍"은 시인의 노래도 될 수 있을 터다. 시인의 노래가, 바로 시가, 간난신고艱難辛苦 끝에 흩어진 삶을 가지런히 정리하여 의미 있는 삶을 구축한다. 시는 삶을 의미화한 재건축이고 이것이 연금술의 마법인 것이다.

연금술사는 여기저기 흩어져 있는 물질들을 모아 그것을 유리용기에 집어넣고 새로운 물질을 첨가하고 가열하면서 관찰한다. 시인은 과거라는 재료를 모아 투명 용기에 집어넣고 끓어 넘치거나 폭발하지 않을 만큼 온도를 조절하면서 그것을 찬찬히 들여다본다. 기억의 재료들에서 조금씩 변형이 일어나고 마침내 반짝거리는 빛의 부스러기가 같은 것이 보인다. 변형된 원재료, 투명 용기에 담겨 있어서 직접 만질 수는 없지만 보거나 느낄 수는 있는 것. 우리는 그렇게 생성된 것들을 그리움이라 일컫는다. 마침내 시인의 눈은 용기 안에서 새롭게 처리된 과거라는 재료들을 더듬는다. 하여 이 시집에서는 연금술적으로 조형된 그리움이라는 정서가 주조음으로 깔리게 된다.

하늘이 내게
대화하듯 반겨주는 날
떠가는 구름에 당신을 얹고
그때를 생각한다

하늘 끝자락

어딘가 숨 쉬고 있을 내 사랑은
지친 나의 어깨 뒤로 살며시 다가와
어루만져 주고 위로해주는데

오늘 그대가
자꾸만 떠오르는 건
아직도 못다한 사랑이 있는가보다

뒤돌아 회상하면서
그대 떠난 빈자리
홀로 남아
그 시절 그때
철없던 우리를 떠올려본다.

- 그대 떠나는 그날엔 항상 비가 내렸습니다.
그것이 내 그리움의 씨앗으로 가슴에 남아있는 이
유가 됩니다 -

-「그대 떠난 빈자리」 전문

'그대'가 떠나고 없는 '빈자리', 그대의 부재不在가 그리움의 시원이 된다. 시인이 "그것이 내 그리움의 씨앗"이라고 언명하는 것도 그대가 떠남으로 하여 그리움이 발원한다는 것을 체득했기 때문이다. 씨앗은 싹이 트고 줄기를 키우면서 새로운 형태를 갖추기 시작한다. "떠가는 구름에 당신을 얹고 / 그때를 생각한다"는 표현은 다소 상투적이어서 미학적 완성도를 감소시키지만 부재라는 씨앗이 '구름'이라는 형태를 얻고 있음은 여실히 보여준다. 이와 같은 방식으로 최정순 시의 '부재'는 그리움의 옷을 입은 대체물을 통해 심리적 결핍을 채워준다. 다음의 시들이 그런 사례라 할 수 있다.

내 마음속으로 모진 그리움 하나
장승이 되었다

-「별 같은 그리움」 부분

오늘도 난
당신 향한 그리움에
새가 되어 난다

-「겨울 바다에서」 부분

끝없는 당신에 대한 그리움이
내 가슴에 싹을 틔우고 꽃을 피워도

-「그대를 사랑하는 일은」 부분

그리움은 지난 삶의 한 부분을 알려주는 투명 용기다. 투명 용기가 그 속에 들어 있는 물질의 원재료를 그대로 규정하지는 못해도 부재하는 대상의 빛바랜 윤곽을 짐작하게 할 수는 있을 테다. 우리는 그 안에서 파란과 굴곡으로 기우뚱거리던 시인의 어린 시절 어두웠던 계단도 보게 되고 또 그 어두운 계단을 비춰주던 흐릿한 등불도 바라볼 수 있게 된다. 특히나 최정순의 시에서 그리움의 등불이 되는 대상은 어머니다. 어머니의 갑작스

런 죽음, 그것은 어린아이에게 황망한 충격이고 또 다른 시련의 시작이었을 터. 「그리운 어머니」, 「해질 무렵」, 「모정慕情」과 같은 시에서도 윤곽이 나타나고 있지만 어머니의 죽음은 어린아이의 삶에서 빛을 소거한다. 등불마저 꺼져버린 어린아이의 삶은 가시밭길에서 찢기고 피 흘린다.

어머니의 죽음이 가져온 상실감은 차라리 사치스러운 감정이었을지 모른다. 그것에 앞서, 상실감과는 다른 차원의 부재의식이 먼저였다. 우산대가 꺾여버린 자리에서 스스로 우산이 되어야 하는, 삶의 주도자로서의 절박한 역할이 부여되었던 것. 그렇게 그는 우선 '살아내야' 했다. 혹독한 칼날 위에는 애도를 품을 여지가 주어지지 않는다. 애도의 시간은 그렇게 묻혀 버리고 어머니는 미움과 원망의 대상이 된다. 그런데 이제 고통스러운 삶의 원인 제공자였을 어머니가 그리움의 등불로 다시 떠오른다.

삶의 길목에서
어렵고 힘겨울 때마다
당신은 버텨내실 거라고
당신만큼은 그 어느 누구보다 강한 분이라고
믿었습니다

고난의 세월 속에서
스러지는 많은 일들에 가슴이 무너져 내리고
가슴 시리도록 아픈 고통 속에서도
당신만은 이겨내실 거라고
당신만큼은 그 어떤 시련도 견뎌내시리라

믿었습니다

한때, 당신을 미워했었어요
당신의 고단한 세월 속에
숙명과 같은 인연의 끈이었기에
그만큼 더 미워했었나 봅니다
하지만 不在속으로 떠나고 없는 지금
당신을 많이 사랑했음을 고백합니다

생과 사의 갈림길에서
경계를 넘나드는 순간들에서
미워했던 지난 시간을 후회했어요
이제는 아직도 내 안에 당신이 숨 쉬는 양
당신과 못다 한 사랑의 꿈을 꾸고 있어요

지금 내 곁에 없지만
하늘빛 고운 당신을 사랑합니다.

-「어머니」 전문

어린 최정순은 어머니에게서 '어머니'만 보았을 것이다. 그때는 보이는 것만 보는 나이였을 테니까. 그러나 모든 어머니는 처음부터 어머니로 태어나서 어머니로만 사는 것이 아니라는 걸 조금씩 알아가게 된다. "당신만큼은 그 어느 누구보다 강한 분이라고 / 믿"고 "당신만큼은 그 어떤 시련도 견뎌내시리라 / 믿"었던 자신의 생각이 옳지 않았음을 깨닫게 된다. 칼바람의 시간이 잦아들자 "한때, 당신을 미워했"던 마음이 후회로 물들고 마침내 애도의 시간이 찾아온다. 부재의 빈자리를 통과하여 다른 편에 있는 삶을 발견하게 되는 것이다. 애도의 완성이다. 어머니에 대한 미움은 후회로, 어머니와의 화해로, 종래는 어머니에 대한 사랑의 회복으로 이어진다. 거기, 어머니와의 관계가 회복된 자리에 그리움의 꽃씨가 날아와 "싹을 틔우고 꽃을 피"운다.

4.

고마워요
세상에 태어나게 해줘서
살다가
당신을 닮은 또 다른 당신을 만난 것이 행복이고
살면서
삶의 여유를 알게 해줘서

-「행복해요」 부분

최정순의 시에서 그리움의 시정이 다소 과소비되는 것이 아닐까 하는 염려도 있지만 한편으론 그것이 삶을 뒤흔든 폭풍 후에 들려오는 고요한 해조음 같은 것이 아닐까 하는 생각도 해본다. 그리움은 차분하게 가라앉은 심리적 지평을 반영하기 때문이다. 시인은 자신의 과거를 탐색할 때 내부에서 사나운 회오리에 휘말리기도 했지만, 이제는 그것을 조용히 응시하면서 자신의 심리적 공간을 조금씩 넓혀가고 있다. 그 자리에 "삶의 굴레를 벗어나 나를 위한 자리로 돌아가는"(「슬픈 바다」) 상처에서 회복된 자아가 서 있다. 해방된 자아는 그동안 자신을 지배하던 낡은 자아와는 작별을 고하고 자신을 결박하고 있던 '굴레'에서 그만 빠져나온다. 더 이상 과거의 사연이나 문제를 꼭 붙들고 있을 필요가 없게 된다.

탁 트인 곳에 서면 시야가 확장된다. 거기서 내 곁의 사람들을 새롭게 바라보고 자신에게 주어진 삶의 의미와 중요성을 자각한다. 과거의 빗장을 거둬내고 마음의 문을 열어 놓으면 소통과 애정과 활력이 쏟아져 들어온다. 감사와 사랑의 물결이 밀려온다. 시인이 만나는 모든 이들에게, 시인을 태어나게 하고 그 인생에 흔적을 남긴 수많은 일들에 대해 고맙다고 말할 수 있게 된다. 나와의 관계가 정상화되고 이웃과의 관계가 회복된다. 이런 관계 맺음의 리듬에 따라 행복감이 부산물처럼 분비된다. 최정순의 시는 어쩌면 관계의 훼손에서 관계의 복원으로 가는 길 위에 있는지도 모르겠다. 그 도정 위에 행복이 오래 머물러 있으면 좋겠다.